齋石慕藏石

張寶華 編著

上海人民美術出版社

封面題字	李　鐸
編　著	張寶華
策　劃	潘長玉
	陳化安
	張　明
責任編輯	樂　堅
美術設計	周　力
攝　影	丁方明
	陳　樂
	周　力
書　法	閻梓昭
篆　刻	陳　輝

目　　　　録

序

美 的 探 索

　　一個人的集藏愛好，往往折射着一個人的人格意趣和文化涵養。上逮秦漢，下至明清，無數獨具慧眼的文人學士，名流大師，都與奇石結下了不解之緣。他們愛石、尋石、畫石、論石，從集石中不斷獲取藝術和人生的滋養，又把生命對美與自然的渴求轉化成筆底風光。于是，那一塊塊奇詭怪异的藏石，一幅幅氣韵生動的筆墨，便也傳達和散發着主人的文化品格、生命芳香。中國文化也由此增添了一抹和煦亮麗的春色。

　　走進張寶華先生的這本藏石畫册，你同樣能够感受到這種人與自然的親和，生命與石頭的呼應。天地間的神奇造化，大自然的鬼斧神工，甚至冰川紀的遺存，生命的繁衍與演進，大海藍田，人間滄桑，讓你恍然走進漫長的歷史，走進一個博大而美麗的空間，從中領略着主人的審美意趣與涵養。

　　我不知道這一方小小的天地，主人是如何經營起來的。但我猜想，收藏的過程，一定是一個極其艱苦的發現和創造過程。這裏集納的不光是歲月的積纍與耐心，更主要的，是一股以石爲友的痴迷勁兒，一種對自然窮觀極照的悟性，一雙對美敏感而智慧的眼睛。也許是一次因公出發，也許是一次假日旅游，張寶華先生，想必常常會把湖光山色忘了，把茂林修竹忘了，把溪流飛瀑忘了，把名勝古迹忘了。但他絕不會忘記收尋的使命，絕不會放過眼前跳蕩的每一塊石頭。游弋于嶙嶙峋峋的石頭之間，仿佛游弋于富有靈性的閃閃爍爍的生命之間，人與石，心靈與自然，在發掘中進行着長時間的觸摸和對話。于是，發掘的過程，不再是一種簡單意義上的找尋，而成了一次美的歷程，美的探索，美的典儀。

把一塊塊石頭從山川自然中發現出來，還要把它們一一命名，一一上架。有的還要淘洗上光，剔粗存精，爲其襯托相應的底座。這是一種要求更高也更繁雜的創造。它的難度之大，絲毫不亞于創造一首詩歌，一支曲目。一天公務歸來，車馬的喧囂隱去了，人事的煩憂洗去了，眼前的世界，漸漸變得清晰，變得純净。人生的郁壘也漸漸從胸中化去，凝聚成小天地中一脉文心的提升，一縷溫情的自享。細心揣摩，凝神品悟，情感的觸角在峰巒叠嶂間穿行，在江河湖漢中漫游。人生的閱歷與况味，文化的儲備與信息，紛至踏來，交融衝撞。小小的藏石齋，便彌漫着一股濃濃的人文氣息，散發出縷縷生命的芳香。于是淘洗和命名的過程，便也是一種藝術情趣的提升和心靈陶冶的過程。

　　當代著名小説家賈平凹説："宇宙、人生、藝術、文學倘能有怪石般的魅力，該有多好!"而我想，我們社會的每一個成員，無論是居官還是身爲布衣，倘能都有一雙渴慕美的眼睛，都能從一塊石頭抑或自然之中，得到一種美的啓迪與陶冶，那么這個世界該有多好!

　　就在這本畫冊編輯付梓之際，從北京傳來一個消息：張寶華所主政的單位被授予"全國職工職業道德建設十佳單位"的稱號。這雖然是題外話，但這兩者之間，有没有内在的聯系呢?

劉憲法

1997 年 12 月

留质朴之美的启迪

卢荣景 九七·十二

盧榮景　中共安徽省省委書記

石中萬象
奇中有奇

陳法勝題

陳德勝　中共淮北市市委書記

中華奇石

雲壺第一

乙亥冬 柳倩 八五五 題

柳 倩 著名詩人

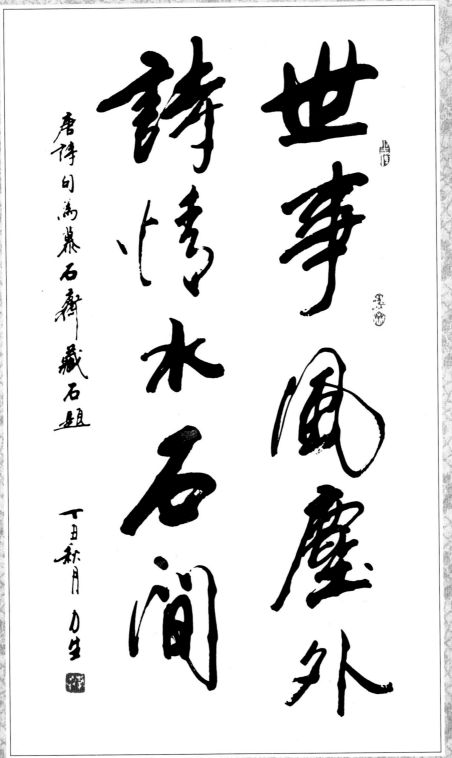

世事風塵外 詩情水石間

唐詩句為磊石齋藏石題

丁丑秋月 力生

李力生　著名書法家

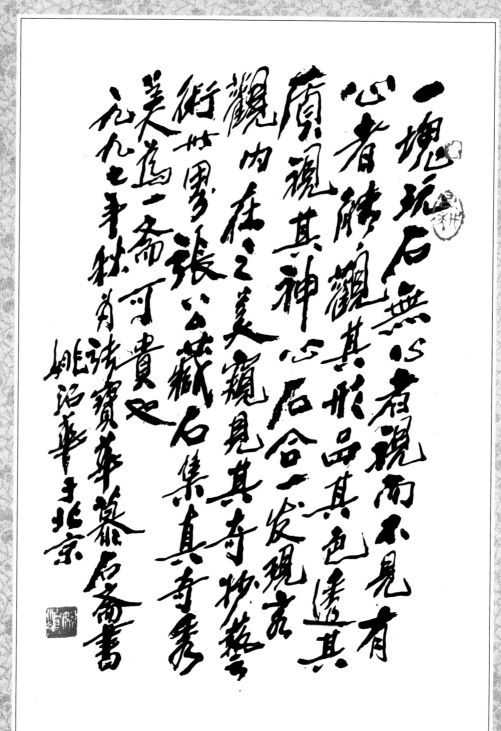

一塊玩石無心者視而不見有
心者賞識觀其形品其色透其
質視其神心石合一發現亮
觀內在之美人窺見其奇奇秀
術此乃張公藏石集真奇秀
美為一齋可貴也
九九七年秋為讀寶華墓藝石齋書
姚治華于北京

姚治華　著名畫家

奇石滿齊壁
油然憶滄桑

為慕石齋藏石題
闞梓昭

闞梓昭　著名書法家

賞　石　之　淵　源

王　德　民

　　石是構成山與大地的基本物質，普存于我們生活的環境中，地以石爲骨。人類還在太古時代，就用石來制作斧、刀、臼等工具，以之作爲生活上不可缺少的物品。而在中國神話的時代，也有女媧補天的傳說，那是人石之間的最早的一則故事，雖不是史實，却可以顯示其間的關聯。同時，石也是大自然留下的具體證據，我們可以從這些經過億萬年孕育和琢磨的石，了解其奧妙與神奇。

　　過年時節貼門聯，是傳統而有趣的習俗。由一幅"萬物静觀皆自得，四時佳興與人同"的對聯，不由聯想到中國人對自然的一些看法。在儒道二家影響深遠的思想中，一般多認爲道家和自然的關系較爲密切，如老子的"人法地，地法天，道法自然"。《莊子》一書更借自然界的現象爲喻，點醒世上汲汲營營的人們，回到天地與我爲并生、萬物與我唯一的境地，逍遥自得。但事實上，儒家也曾論及自然，孔子在《論語·陽貨》篇中説："天何言哉？四時行焉，百物生焉，天何言哉？"又如明代理學家陳獻章也説："人與天地同體，四時以行，百物以生，若滯在一處，安能與造化之主耶？古之善學者，常會此心在無物處，便運用得轉爾。學者以自然爲宗，不可不著意理會"；"萬古周流本自然"，"皆順應自然，無有凝滯"；"自然之樂，乃至樂也"。當然，在儒道的學説中，自然一詞已不單指天然形成，未加任何人工的自然界，還包括一種引申的含義——事事都應順應天性，不强有所爲。從這些學説的觀念可知，中國人對自然界，曾如何認真地加以觀察和體認，才領悟出這份道理，當然也培養出對其欣賞的能力。而山水又是自然界中明顯的主體，必定備受重視，故《論語·雍也》篇謂"仁者樂山，智者樂水"。南朝劉宋宗炳更在其《畫山水序》中點出人們偏愛山水的心態："聖人含道應物，賢者澄懷味像，至于山水質而有趣，……夫聖人以神法道而賢者通，山水以形媚道而仁者樂，不亦樂乎！"宋代郭熙、郭思合著的《林泉高致》也指出："君子所以愛夫山水者，其旨安在？丘園養素，所常處也；泉石嘯傲，所常樂也；漁樵隱逸，所常適也；猿鶴飛鳴，所常新也；塵囂韁鎖，此人情所常厭也，烟霞之侶，夢寐在焉，耳目斷絶，今得妙手郁然出之，不下堂筵，坐窮泉壑，猿聲鳥啼，依約在耳，山光水色，蕩漾奪目，此其不快人意，實獲我心哉！"這深刻道出了可以居、可以游的山水深爲人們所向往的原因。但并非人人可長久居留在真山真水的世界裏，總因世俗未了事物的牽絆，或環境不允許等因素，而無法達成此心願。于是安排個摸擬真山水的小世界，甚或一山一石，都能借以自慰，并從中窺得真山真水的内蘊與全貌，作一番神游！或許由此便啓開中國人對石的欣賞，不但借石以喻山，也直接地欣賞石的本身。

　　首先最易發現的是石堅硬的特質，故俗語曰："精誠所至，金石可開。"且隨處撿取或看到的石，許多都具有數千百年的石齡；石又呈現歷久不衰、萬古常存的特性，所以用它形容事物不易被毀壞和改變，如"堅如磐石"、"水滴石穿"等諺語，論及朋友的交情，以石交、石友相稱，以示堅貞，唐代詩人杜牧的詩句便有"同心真石友"，《史記·蘇秦列傳》也有"此所謂仇讎，而得石交者也"。男女之情則常比"海枯石爛永不渝"。

其次是賦石以吉祥的意義，成爲長壽的象征，稱之爲壽石。最顯而易見的例子，當屬祝壽時常用的那句話："福如東海，壽比南山"了。甚至頑固倔強的人，我們也會説他"像石頭一樣"。

　　再次，除欣賞石頭的這些特性外，人們又進一步玩賞歷經風霜雨露的侵蝕所産生的各種面貌。宋代文豪蘇軾在《怪石供》中説："夫天機之動，忽焉而成，而人真以爲巧也。"石本是天然形成之物，無所謂美丑、佳劣的區别，却因爲人人有自己的思想觀念和偏好，而有各種不同的欣賞角度，乃加上所謂的奇石、頑石、异石等稱呼，以及蒼厚、奇峭、古拙、秀雅、玲瓏等形容詞，所謂"石不能言最可人"，其實是因人借石以言，寄托了無限情懷才可人的。歷代文人雅士，就在賞石之餘，更認爲石質的堅勁恰似爲人氣節的堅定不移，因而以之形容"貞介"二字，憑添一份推崇之意。

　　賞石起源，若自會用石叠山開始，便算具備了從小石見大山，以得其真精神的想法，那麽記載中漢梁孝王劉武所建的兔園，既是開叠山之先河者，則起碼在漢代賞石的觀念就已存在了。但最早的賞石紀録，應是東晋的田園詩人陶淵明爲他所鍾愛的雅石取名"醒石"，寄予反樸歸真的意願。《困學紀聞》、《古今圖書集成》等書中説，南康府部閣中，有巨石如砥，縱横丈余，相傳陶淵明每醉輒坐卧其上，旁邊建成醉石庵，可見陶淵明必對石有特别的偏愛。又南朝詩作中咏石的句子不少，如梁祝超的"對影疑雙闕，孤生若斷雲"、陳僧定法的"獨拔群峰外，孤秀白雲中"等。因此，魏晋南北朝時期，已不僅是以石爲叠，而且能具體欣賞石的本身了。此觀念下傳至唐宋元明清各代乃至于今，仍未見衰退，其間在唐代，據白居易《太湖石記》記載："今丞相奇章公嗜石，……于此物獨不廉讓。東第南墅列而置之。……石有大小，其數四等，以甲乙丙丁品之，每品有上中下，各刻于石之陰，曰牛氏石甲之上、丙之中、乙之下。"由此可知，唐人已有收集奇石并陳設于墅中的風氣，石成爲中國庭園布置不可缺少的要件。或以石叠山，借以表現全貌；或直接陳設單個的奇石；或作爲盆景擺飾，有只一塊石者，亦有配以菖蒲等草卉者。歷來的文人雅士，便將奇石引入書齋，成爲案上清供——一份賞心悦目的雅趣。

　　從古至今的愛石者中，最有名的首推宋代大書法家米芾。不但因爲他在濡須任内得到奇石一塊便穿戴整齊，對石下拜，口稱"石丈"(或石兄)，而且因爲他提出了賞石的四個原則——瘦、縐、漏、透。關于此四原則的説法頗多，也有説是瘦、縐、透、秀的。瘦，表現石形堅勁挺拔的氣勢；縐，是表現表面紋理的千變萬化；漏、透二者，含義有相通之處，前者是較偏向石面的凹凸起伏，乃至窪洞，后者則指縫隙的疏而有致；秀，代表靈秀的氣韵。以上所言均已盡石之妙，把握住賞石的重心。然而蘇軾又説石文而丑，加上一個"丑"字，點化出石非凡的千態萬狀，更符石之所以爲奇的真義，清代鄭板橋再將"丑"字發揮爲"丑而雄，丑而秀"，乃更見精妙。我們通常稱贊一件事物爲雄爲秀時，往往當作美的標准，石却是以丑爲美，不可謂之不特别矣！

　　正如車爾尼雪夫斯基所説："凡是在自然界中使我們想起人來的東西，就是美的"；"自然界中美的事物，只有作爲人的一種暗示才顯出美"。因此，在我們看來，自然美的本質特征，就在于自然景物具有與人類社會生活的美相類似的特征，因此人們才感到它美，人靠自然界來生活，人與自然界是形影不離的關係。因而人們也就自然而然地把山水等自然景物的形象比作人的生活美的一種顯現，或把它作爲一種暗示和象征來加以欣賞和觀照了。

自
然
的
濃
縮

S - 001

S - 002

S - 003

S - 001 **漫山红遍**
规格: 19.5 × 26 × 8CM
淮北黄裏彩石

S - 002 **岁月如流**
规格: 49 × 19 × 10CM
萧縣龍山磐石

S - 003 **落霞**
规格: 24.5 × 18 × 8.5CM
山東彩石

S - 004

S - 004 **春融**
規格: 13.5 × 10.5 × 5CM
白靈石

S - 005 **脉脉斜暉**
規格: 24.5 × 29 × 15CM
黃河石

S - 006 **奇峰聳拔**
規格: 20 × 42 × 14CM
靈璧灰紋石

S - 005

S - 006

静聽石語

真石齋

山水景觀石

14

S－007

S－008

S－007 **土人籮笆**
規格: 16 × 14.5 × 5CM
湖南慈利石

S－008 **高處不勝寒**
規格: 19 × 14.5 × 7CM
白靈石

S－009 **叠立如嶂**
規格: 48 × 27.5 × 23CM
靈璧灰紋石

畫師爭摹雪浪勢
天公不見靁斧痕

藥栽詩句
闍祥石

S－009

S - 010 霞蔚
規格: 20 × 15 × 3CM
景石

S - 011 戈壁古址
規格: 57 × 26.5 × 14CM
靈璧石

S - 012 峭立長空雲繚繞
規格: 15 × 32 × 10CM
白靈石

S - 010

S - 011

S－012

S－013

S－014

石破天驚

S - 013 **銀裝素裹**
規格: 22 × 21 × 8CM
白靈石

S - 014 **沉寂的暮色**
規格: 32 × 20 × 10CM
黃河石

S - 015 **石破天驚**
規格: 42 × 42 × 14CM
靈璧灰紋石

S - 015

S - 016

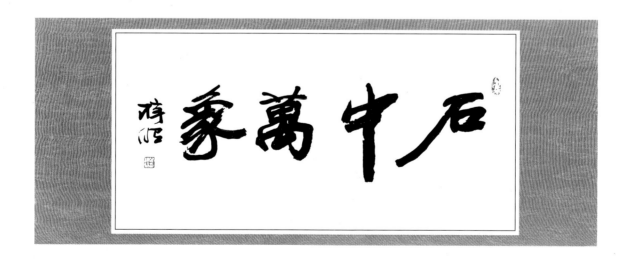

S - 017

S－016 **滄海升紅日**　規格: 36 × 19 × 12CM　黃河石
S－017 **長河落日圓**　規格: 24 × 14 × 7CM　黃河石

S - 018

S - 019

S - 018 **海上生明月**　規格: 27 × 27 × 7.5CM 黄河石
S - 019 **明月寄相思**　規格: 26.5 × 19 × 7CM 黄河石

S－020

S － 020 **游石歸宗**
規格：10 × 17 × 7CM
靈璧石
S － 021 **雲霞影韵**
規格：32.5 × 20 × 7CM
靈璧石
S － 022 **雲塊如絮**
規格：11.5 × 11 × 7CM
白靈石
S － 023 **叠崗**
規格：29 × 12 × 15CM
靈璧石

S － 021

S - 022

S - 023

S - 024

S－024 **大漠黃蠟**
規格：38 × 56 × 29CM
黃蠟石

S－025 **雲岫**
規格：12.5 × 15 × 6CM
白靈石

S－026 **島岸**
規格：69 × 18 × 30CM
靈璧磐石

S－025

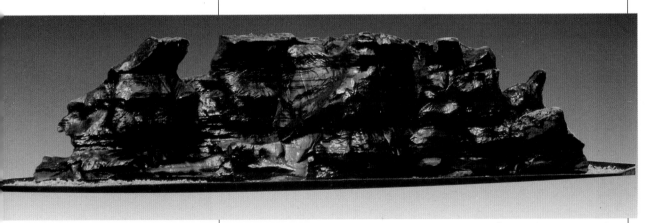

026

S － 027

S － 028

不慕金章仍拜石

丙寅慕石齋題 附客淮北市 辝旧

S－027 嶺上多白雲
規格: 13 × 26 × 7.5CM
白靈石

S－028 雲翻一天墨
規格: 58 × 49 × 16CM
靈璧蚰紋石

S－029 戶外一峰秀
規格: 18 × 32 × 12CM
靈璧蚰紋石

S－030 萬壑争流
規格: 37 × 23 × 13CM
蕭縣龍山磬石

S－029

S－030

S - 031

S - 031 軟紅光裏涌銀山
規格: 16.5 × 22 × 7.5CM
白靈石

S - 032 涵虛混太清
規格: 24 × 14 × 6CM
山東彩石

S - 033 霜天殘葉
規格: 27 × 14.5 × 4.5CM
靈璧蚰紋石

S - 032

S - 033

S - 034

S - 035

S - 036

S－037

S－034 **萬古生幽石**
規格: 25 × 12 × 6.5CM
靈璧磐石
S－035 **故拔孤根近九天**
規格: 14 × 29 × 7.5CM
靈璧蚰紋石
S－036 **黃蠟一柱**
規格: 11 × 39 × 9CM
桂北黃裏蠟石
S－037 **侵霞更上紅**
規格: 12 × 12.5 × 10CM
靈璧條帶石
S－038 **天寒遠山净**
規格: 16 × 16.5 × 11CM
白靈石

山水景觀石

S－038

S - 039

S－039 **凛然相對敢相欺**
規格: 16 × 20 × 8CM
湖南慈利石

S－040 **叠嶂秋氣高**
規格: 12 × 7 × 5CM
靈璧石

S－041 **西出陽關**
規格: 35 × 21 × 18CM
呂梁石

S－040

S－041

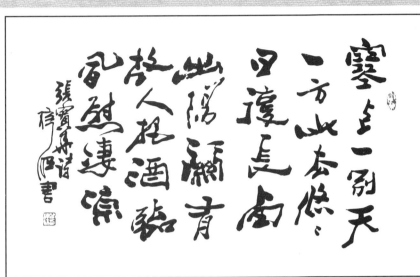

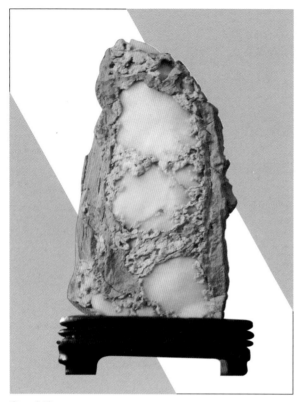

S - 042

S－042 **白靈送雅**
規格：7 × 13 × 3CM
白靈石

S－043 **崢嶸歲月**
規格：15 × 18 × 12.5CM
靈璧石

S－044 **火雲滿山凝未開**
規格：15 × 25 × 15CM
湖南慈利石

S－045 **哥倆好**
規格：35 × 81 × 18CM
靈璧石

S － 043

S - 044

S - 045

山水景觀石

米　芾　品　石

　　米芾受命就任無爲軍知州，初入官署，便見到署衙庭院中立一塊大石，"狀奇丑"，米芾深爲它奇特的造型所震撼，以爲其石憨然無邪，有君子之氣，立命僕從取過官袍、官笏，設席整冠下拜道："吾欲見石兄二十年矣!"這就是歷史上有名的"米癲拜石"故事，后世有不少畫家選以此爲題材，褒揚傳頌不已!無爲軍距名石産地靈璧不遠。所以，米芾正好借此機會綱羅奇石，一一品目，加以美名。他的上司楊杰聽說他在署衙嗜石成癖，深恐他弄石廢事，就去正言相勸。米芾見上司到米，便從左袖中取出一石，此石"嵌空玲瓏，峰巒洞穴皆具，色極清潤"。他對上司説："如此石，安得不愛?"豈料楊次

S－046 **江河萬古流** 規格: 142 × 57 × 34 靈璧蚰紋石

公(字杰)看都不看。米芾只得納回袖中，又取出一石，乃"叠峰層巒，奇巧更勝"。楊次公仍不顧。米芾無奈，悻悻然又摸出一石，那是"盡天畫神鏤之巧"的神品。他好似受了委屈般道："如此石，安得不愛?"楊次公此時像是忽被驚醒一般，大聲道："非獨公愛，我亦愛也!"順勢將石從米芾手中攫得，頭也不回，登車而去。

楊次公攫得此方奇石，后來到底是准備加入藏石行列呢?還是沒收奇石，以便讓屬下"改邪歸正"?故事的結局沒寫明白。不過有一點是明確的，米元章并未因上司的告誡稍停藏石之舉。

天
地
的
精
靈

X － 047

X - 047 二情同依依
規格: 19 × 30 × 12CM
鐘乳石
X - 048 鐵嘴蟲鶯
規格: 26 × 26 × 12CM
靈璧磬石
X - 049 道是無情却有情
規格: 14.5 × 24 × 3.5CM
山東彩石
X - 050 清風明月苦相思
規格: 9.5 × 12.5 × 2.5CM
山東彩石

X - 048

X - 049

X - 050

X－051

瀚海雄風

X－051 **沙漠之舟**
規格：31 × 23 × 11CM
靈璧磐石

X－052 **空中闻天鸡**
規格：21 × 11.5 × 8CM
靈璧石

X－053 **孤獸走索群**
規格：24 × 17.5 × 12CM
蕭縣皇藏峪石

X－052

X－053

X － 054

X － 054 **穴間玉兔肥**
規格：11.5 × 10.5 × 9.5CM
靈璧石

X － 055 **戲鬥**
規格：28 × 18 × 14CM
黃蠟石

X － 056 **幼豕小憩**
規格：19.5 × 11.5 × 9CM
靈璧石

X － 057 **寵物**
規格：18 × 18 × 11CM
靈璧石

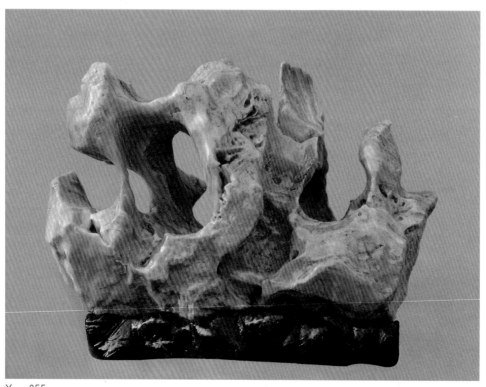

X － 055

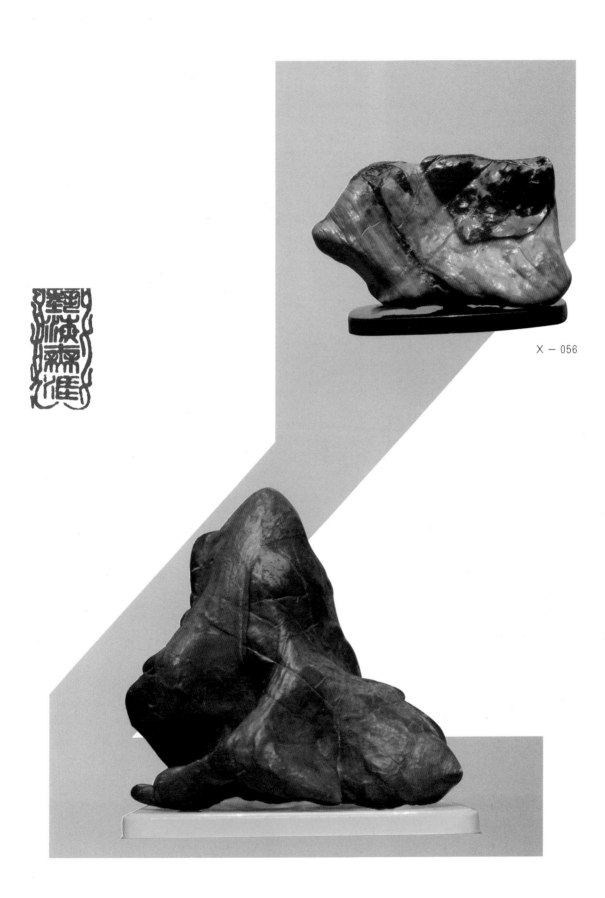

X － 056

X － 057

X - 058

X - 058 **鳥窺**
規格：20 × 16 × 9CM
靈璧石

X - 059 **遠眺**
規格：23 × 33 × 13CM
靈璧磐石

X - 060 **火山恐龍**
規格：22 × 33 × 3CM
山東彩石

X - 059

X - 060

X — 061

X — 062

X - 063

X－061 **靈犬幼姿**
規格：23 × 19 × 7.5CM
靈璧磐石

X－062 **羚羊望月**
規格：15 × 19 × 8CM
淮北黃裏蠟石

X－063 **神龜東渡**
規格：26 × 15 × 9CM
靈璧磐石

X - 064

X - 065

X－066

X－064 遠古精靈
規格：38 × 18 × 19CM
蕭縣龍山磬石

X－065 八戒弃耳
規格：22 × 24 × 14CM
靈璧石

X－066 黑熊渡步
規格：46 × 31 × 13CM
靈璧石

X－067 飛崖臨險
規格：10 × 19 × 7CM
靈璧石

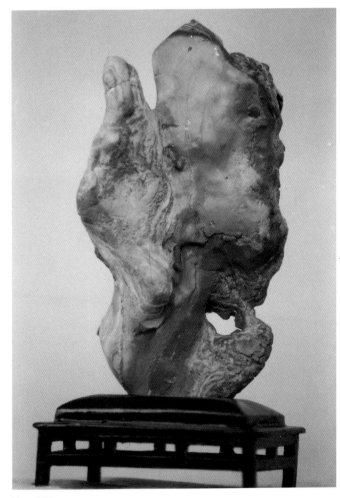

X－067

X - 068

X - 069

X - 070

X - 068 **玉羊圖**
規格：21 × 19 × 7CM
山東彩石

X - 069 **座食骨梗**
規格：24.5 × 23.5 × 8CM
靈璧石

X - 070 **奔跳**
規格：16 × 8.5 × 8CM
靈璧石

X - 071 **大氣當吐**
規格：10 × 10.5 × 5CM
廣西彩霞石

X - 072 **取經路上**
規格：21.5 × 13 × 14CM
昆侖彩石

X — 071

X — 072

X－073 原始的性能　規格：84×33.5×37　吕梁石

象形狀物石

X－074

X－075

X－076

X－074 神犬遠眺
規格：18 × 14 × 9CM
靈璧石

X－075 小獸躍姿
規格：30 × 15 × 6CM
靈璧石

X－076 憩息
規格：48 × 30 × 25CM
黃蠟石

X－077

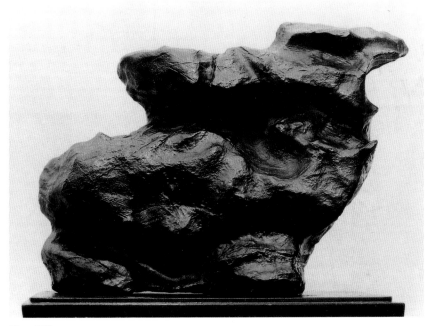

X－077 靈蟾拜月
規格：36×60×23CM
靈璧石

X－078 嬌寵
規格：36×27×11CM
靈璧磬石

X－078

象形狀物石

石有靈氣
而奇感石
須慧眼賞
石洄超心
玩石須恆
志

丙寅夏石壽非祥石

X — 079

X — 080

X － 081

X － 079 **巴船去若飛**
規格：75 × 21 × 25CM
呂梁石

X － 080 **群鷹栖息**
規格：74 × 30 × 80CM
靈璧磬石

X － 081 **卧起長嘯**
規格：39 × 32 × 24CM
靈璧石

斑斕的本色

X－082

X－083

X－082 **天香石色**
規格：20 × 32 × 10CM
洛陽牡丹石

X－083 **冰肌玉骨**
規格：11 × 16.5 × 11CM
白靈石

X－084 **只流清氣滿乾坤**
規格：25 × 51 × 12CM
黄河石

X－084

X－085

X－086

X－085 凌風傲霜
規格：29.6 × 28.5 × 7CM
菊花石

X－086 梅謝雪中枝
規格：27 × 24 × 8CM
白靈石

X－087 無風葉自飛
規格：22 × 18 × 20CM
湖南慈利石

X－087

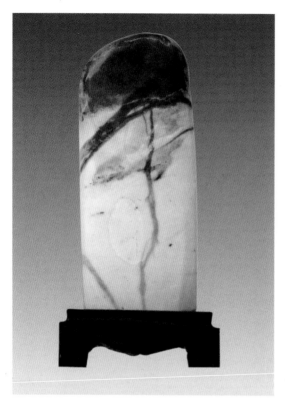

X － 088

X － 088 **新荷初出水**
規格：7 × 16 × 4CM
山東彩石

X － 089 **傲霜怒放**
規格：12 × 18 × 10CM
菊花石

X － 090 **心有靈犀一點通**
規格：27 × 111 × 18CM
靈璧蚰紋石

X － 089

X — 090

X－091

X－091 **臘梅鬧白靈**
規格：16 × 16 × 7.5CM
白靈石

X－092 **似和不似都奇絕**
規格：14 × 22 × 10CM
彩石

X－093 **此花開盡更無花**
規格：8 × 24 × 8.5CM
菊花石

X - 092

X - 093

X－094

X－094 **親言恭聽**　　　規格：65 × 66 × 45CM　　　　博山文石
X－095 **法　　師**　　　規格：10 × 16 × 5CM　　　　淮北黃裏蠟石
X－096 **化爲孤石苦相思** 規格：13 × 14.5 × 3CM　　　山東彩石

象形狀物石

X－097

X－098

X－099

X－097 冠中遺風　規格：39 × 30 × 7CM　靈壁蜘紋石
X－098 魏晋名士　規格：10 × 17.5 × 7CM　淮北黄裏蠟石
X－099 聖院更人　規格：22 × 25 × 22CM　湖南慈利石

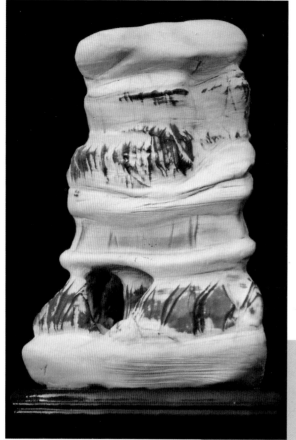

X－100

X－100 翰海烽臺
規格：19 × 27 × 12CM
呂梁石

X－101 座回首
規格：23 × 31 × 18CM
蕭縣龍山石

X－102 希臘鬥士
規格：28 × 23 × 9.5
蕭縣龍山石

X－101

X－102

X－103

X－103 **孔子問禮**
蕭縣皇藏峪石

X－104 **環石皆古**
規格：20 × 16 × 12CM
靈璧蚰紋石

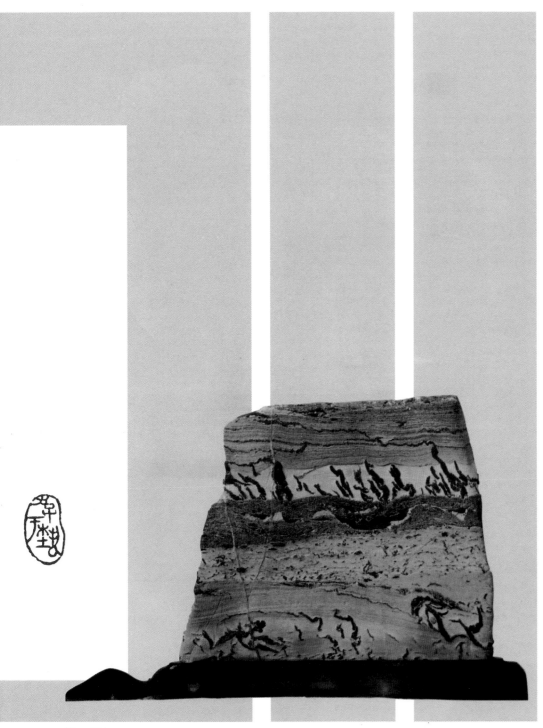

X — 104

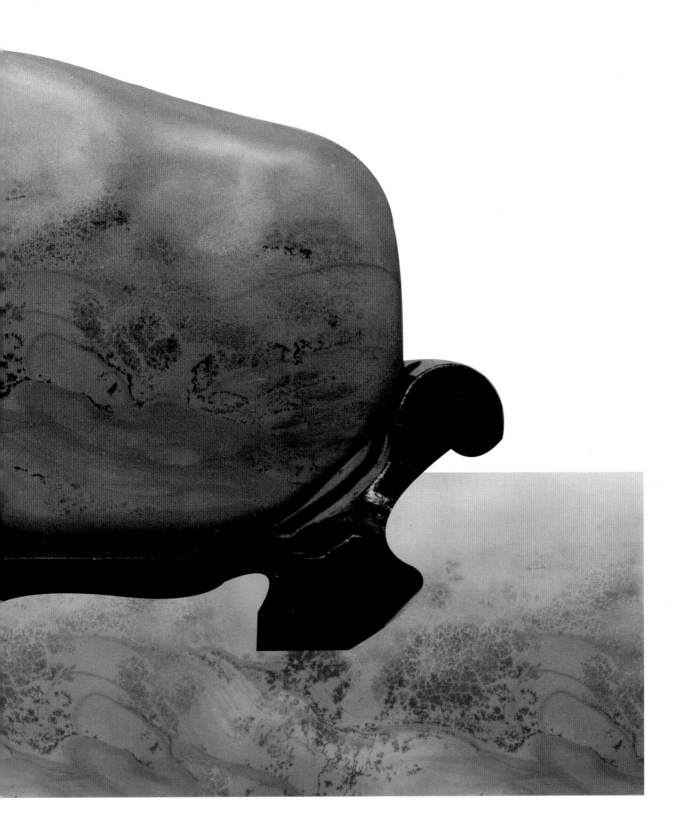

象形狀物石

C－106

C－106 **法臺**
規格：44 × 37 × 22CM
靈璧灰紋石

C－107 **佛光**
規格：27 × 49 × 13CM
靈璧石

C－108 **濟癲法冠**
規格：40 × 16.5 × 12.5CM
靈璧石

C - 107

C - 108

C－109

C－109 **二指示禪**
規格：26 × 43 × 20CM
泰山石

C－110 **八音坐禪**
規格：5 × 9.5 × 4CM
靈璧石

C－111 **天地氤氳**
規格：14 × 15 × 10CM
靈璧石

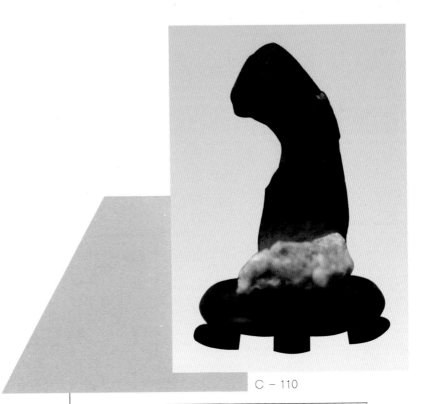
C－110

C－111

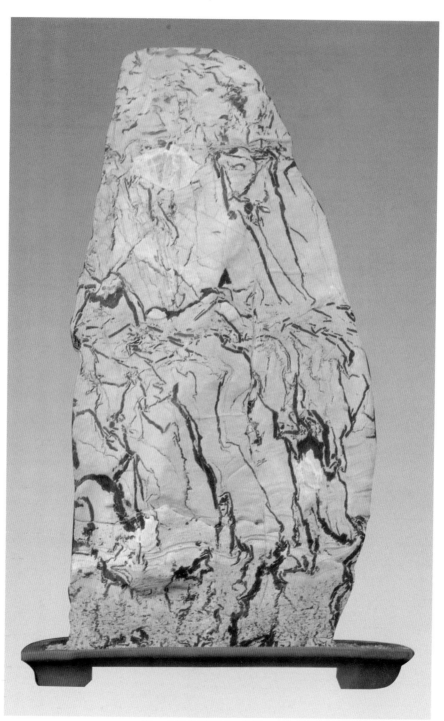

C－112 **普渡衆生** 規格: 28 × 56 × 20CM　靈璧蚰紋石

C－112局部

天成的藝象

C－113

C－113 甜　　吻　規格：18 × 19 × 10CM　　芙蓉石
C－114 畢加索畫意　規格：12 × 17 × 5.5CM 廣西彩霞石
C－115 絕壁浴影　規格：37 × 96 × 30CM　　靈璧石

－114

C－115

C－116

C – 117

C – 116 **青銅臉譜**
規格： 20 × 29 × 9CM
臺灣石

C – 117 **情愛彌篤**
規格： 79 × 38 × 22CM
靈璧磬石

C – 118 **白蠟坐舞**
規格： 20 × 21.5 × 15CM
白蠟石

C – 118

C - 119 **彝人舞韵**
規格: 17 × 22 × 7CM
靈璧石

C - 120 **昂首向天歌**
規格: 5 × 10 × 4CM
靈璧石

C - 121 **孕育**
規格: 17.5 × 20 × 8CM
山東彩石

C - 122 **挑袍坐凳**
規格: 15.5 × 24 × 7CM
靈璧蟠紋石

C - 119

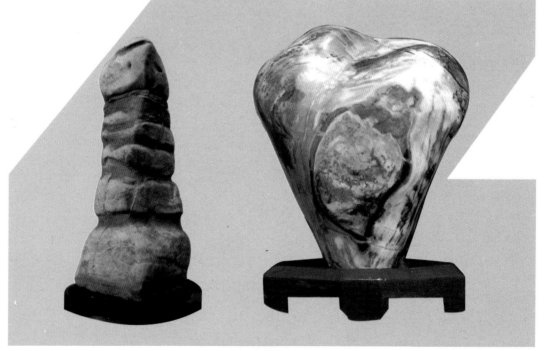

C - 120

C - 121

C - 122

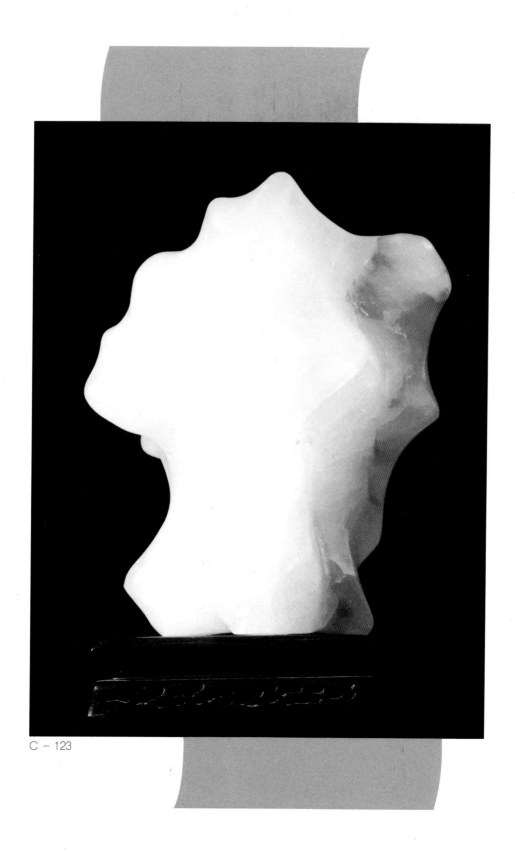

C－123

抽象奇巧石

C - 123 芙蓉玉姿
規格: 18 × 23 × 13CM
芙蓉石

C - 124 古址遺韵
規格: 19 × 28 × 13CM
靈璧石

C - 125 吞食
規格: 44 × 41 × 14CM
靈璧石

C - 125

C - 126

C - 126 **璧中仕女春歸路**
規格: 50 × 48 × 30CM
靈璧蚰紋石

C - 127 **滄桑歲月**
規格: 16.5 × 24 × 15CM
黃河源頭石

C - 128 **大地之艦**
規格: 87 × 36 × 39CM
靈璧千層石

C - 12

C - 127

宏
宇
的
深
情

K－129

K - 129

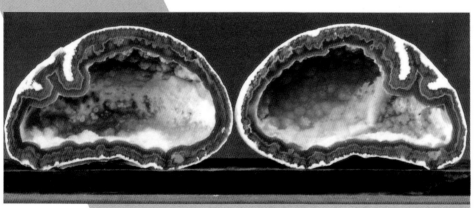

K - 130

K - 129 **貧裝藏寶** 規格: 10 × 10 × 6CM　K - 129 局部

K - 130 **空　靈** 規格: (21 × 13 × 10) × 2CM 比利時石

K - 131

K - 132

K - 131 **寶石之花**
規格: 16 × 14 × 9CM

K - 132 **雪粒**
規格: 10 × 13 × 10CM
石膏石

K - 133K - 134
金屬礦石

K - 133

K-134

G－135 **硅木岩**
規格: 10 × 12 × 10CM

G－136 **三葉蟲化石**
規格: 22.5 × 18.5 × 3CM

G－137 **復體珊瑚**
規格: 18 × 15 × 7CM

G－138 **古動物化石**
規格: 50 × 22 × 40CM

恒 古 的 見 證

G － 135

G － 136

G － 137

－138

恒古的見證

G－139

G－141

G－140

G - 142

G - 143

G - 139 鸚頭貝化石

G - 140 溝通蟲化石
規格：5 × 5 × 2.5CM

G - 141 海底動物巢化石
規格：12 × 10 × 17CM

G - 142 震旦角
規格：12 × 40 × 11CM

G - 143 群貝化石
規格：20 × 18.5 × 4CM

G - 144 震旦角
規格：11 × 30 × 7CM

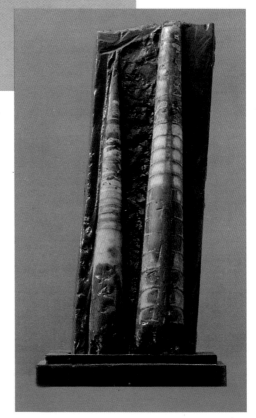

G - 144

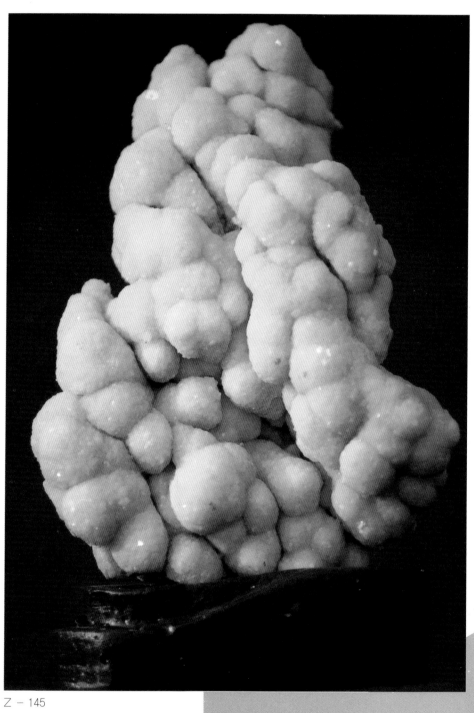

Ｚ－145

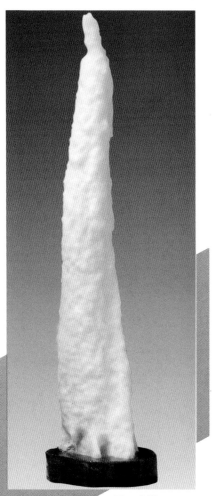

Z - 147

Z - 146

Z - 145 脆嘣嘣香噴噴
規格: 11 × 15 × 6CM

Z - 146 虛懷
規格: 15 × 19 × 9CM

Z - 147 峭立長空
規格: 10 × 55 × 5.5CM

Z－148

Z - 149

Z - 148 **剔透玲瓏**
規格: 20 × 10 × 11CM

Z - 149 **孔雀石**
規格: 12 × 17 × 8CM

Z - 150 **拔秀**
規格: 21 × 22 × 10CM

鐘乳溶岩石

Z - 150

Z－151

Z－152

Z－151 擎天一柱
規格：3 × 41 × 3CM

Z－152 婀娜
規格：12 × 19 × 10CM

Z－153 秋實
規格：11 × 21 × 7CM

鐘乳溶岩石

Z－153

Z－154

Z－154 **雪裏五老峰** 規格：21 × 25 × 19CM
Z－155 **雨后新菇** 規格：9 × 19 × 4CM
Z－156 **肥　實** 規格：19 × 11 × 12CM

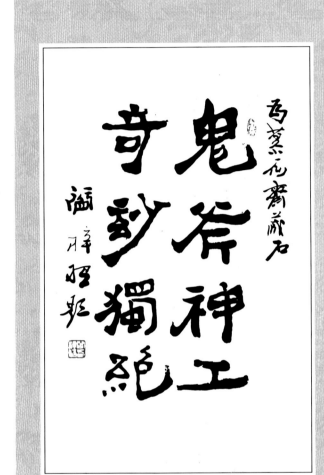

鬼斧神工 奇妙獨絕

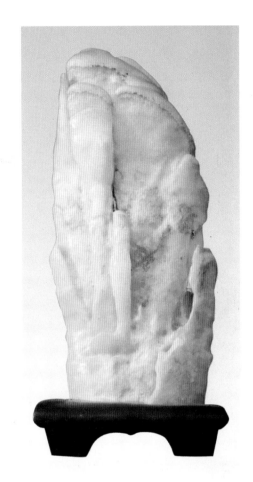

Z－155

Z－156

Z－157

Z－158

Z－159

Z－157 **碩果纍纍**
規格: 7.5 × 12 × 5CM

Z－158 **心怡**
規格: 8 × 6 × 7.5CM

Z－159 **嶙峋**
規格: 15 × 11 × 8CM

Z－160 **靈笋争寵**
規格: 8 × 10 × 2.5CM

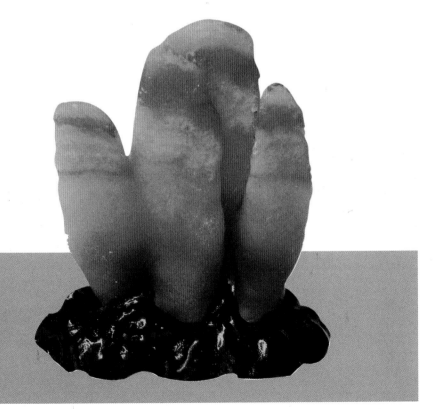

Z－160

重
生
的
烙
印

W – 161

W – 161 **七星硯**　　文房石

W – 162 **硯　石**　　文房石

W – 163 **古　硯**　　文房石

W - 162

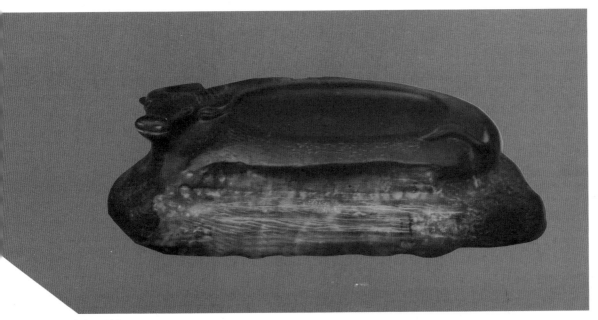

W - 163

W - 164

W - 165

W - 166

W - 166

W - 164 **樂硯**　　文房石

W - 165 **印石**　　文房石

W - 166 **印石（正）** 文房石

W - 166 **印石（反）**

W - 167

W - 168

- 169

W - 167 **野　　渡**　盆景石

W - 168 **延河晚景**　盆景石

W - 169 **山岳獨秀**　盆景石

F－170 斧劈石　　規格：79×230×35CM

衆裏尋她千百度

——慕石斋品石记

　　淮北有個慕石齋，説"齋"其實只是一套普通住室。説普通，却又很不一般，這裏，收藏着幾百方稀罕少見的奇石，光彩奪目，風情萬種，主人慕石、搜石、玩石、藏石、品石，也吸引着衆多鐘情于石的石迷、石痴、石癲。

　　慕石齋裏，萬叠雲山，一樓風月；五光十色，盡態極妍。滿目琳琅的石頭，有的以紋顯，有的以象形；還有的紋既顯又象形，内部蘊藏的紋色而酷肖各種物體的狀態。天象山川，有"長河落日圓"；草木花卉，有"冷艷清香"；走獸飛禽，有"沙漠之舟"；人物，有"孔子問禮"，"魏晋名士"；還有畫面反映盧綸《山店》詩意的大塊石屏。這些奇石，無不質樸純潔，盎然古色，精瑩細潤，燦如雲錦。有的條理井然，别饒深致；有的傅粉施朱，風光别具；有的氣足神完，渾然大璞；有的粗枝大葉，磊磊落落；有的輕描淡寫，超逸出塵；有的精雕細刻，巧奪天工。特别是那方盧綸詩意，把"登登山路行時盡，決決溪泉到處聞；風動葉聲山犬吠，幾家松火隔秋雲"的意境，刻畫的淋灕盡致，儼然是一幅天然畫圖，奇异特出，真令人"匪予所思"。在這個石齋裏，無論是石面凸凹，刻畫工整的雕塑，千姿百態，維妙維肖的模型；還是岩深穀迴，野鶴閑雲的圖畫；莫不出于自然，呈現的是天然美，這一點是人工技巧所無法企及的，她的審美價值也正表現在此處。誠如古人所雲："插石爲屏供案頭，天然妙畫此中收，化工果比人工巧，幻出奇峰景絶幽"。奇石，神似、形似而又完美無瑕者是極爲罕見的，覓得這樣的石頭，當然彌足珍貴。不過，天然顯露的象形之巧，還是易于識别的，而對于許多奇奧的珍品來説，則在于鐘情者的發現，用鋭利的眼光發現石的性格，發現在外形下透露的内在美，珍石，以色著，以紋顯，以形肖。色，或單或復，或淡或濃，或明或暗，或雅或俗，錯綜糾互，千奇萬變；紋，有由石質演成的"本質紋"，有由石的顏色演成的"花色紋"，有由石的外形演成的"深刻紋"，還有不現于石之外而蘊藏于石之内的"内透紋"；至于形，大至日月山川，小至昆蟲螻蟻，更是千奇百怪。這就需要目揣心摩，静觀默察，一旦靈機偶觸，或神悟于刹那之間，豁然貫通，才能通過與心相應的眼睛深深理解自然的内部。淮北地區自古以來多處産石，載入宋人杜綰《雲林石譜》的即有宿州的靈璧石，相州的林慮石，泗州的瑪瑙石，壽春的紫金石，這對慕石齋主人來説，可謂得地利之便。但是，欲尋覓一方品貌無瑕，别透玲瓏，具有很高觀賞性的奇石決非唾手可得，勢必尋尋覓覓，踏破鐵鞋，這不僅需要耐心，韌性，鐘情石的執着精神，而且需要智慧，靈感，一定的文化素養和對美的鑒賞力。奇石發現的過程，大概可以用一句詞來描述："衆裏尋她千百度，驀然回首，那人却在燈火闌珊處"。慕石齋主人經過二十多年的苦心經營，齋羅奇石，洋洋大觀；眼底烟雲，胸中丘壑；篳路藍縷，其艱辛程度于此可見。非"癖"非"痴"，非美的探索者，創造者，焉能如此？

　　慕石齋主人張寶華，是一位業余奇石收藏者。丈夫愛石成癖，妻子則全力相助，夫唱婦隨，爲扛石塊，妻子把脊骨折斷，"羡君結石友，三生締宿緣。"聞此佳話，亦令人艷羡不已。

梁　鈞

歷代古籍可考奇石產地一覽表

表(1)

石種	省	古稱	今稱	書名
靈璧石	安徽	絳州靈璧縣	靈璧縣	洞天清錄
靈璧石		宿州靈璧縣磬山	靈璧縣磬山	雲林石譜
無爲軍石		無爲軍	安慶市	雲林石譜
紫金石		壽春府紫金山	壽縣紫金山	雲林石譜
泗州石		泗州竹墩鎮	泗縣竹墩鎮	雲林石譜
浮磬		徐州泗濱	泗水之濱	尚書·禹貢
太湖石	江蘇	西洞庭	洞庭西山	桂海金石志
太湖石		洞廷	太湖(水中)	雲林石譜
昆山石		平江府昆山縣	昆山市	雲林石譜
石笋		鎮江府黄山	鎮江市	雲林石譜
鎮江石		鎮江黄山、峴山	鎮江市	雲林石譜
瑪瑙石		泗州盱眙寶積山	盱眙縣寶積山	雲林石譜
六合石		真州六合縣	六合縣	雲林石譜
螺子石		江寧府江水中	南京市長江邊	雲林石譜
瑪瑙石		南京聚寶山		雲林石譜
瑪瑙石		六合縣靈岩山、横山、馬鞍山、鳴山		靈岩石説
漣水怪石		漣水、河中	漣水縣、河中	素園石譜
栖霞石		栖霞山	南京市栖霞山	素園石譜
湖山石		湖山	江寧縣	聊齋雜記·石譜
怪山	山東	青州貸畎	山東泰山山穀	尚書·禹貢
青州石		青州	淄博、益都一帶	雲林石譜
兗州石		兗州	兗州市	雲林石譜
襲慶石		襲慶府	兗州市	雲林石譜
峄山石		襲慶府鄒縣峄山	鄒縣峄山	雲林石譜
莱石		莱州	掖縣	雲林石譜
登州石		登州(海岸)	蓬莱縣(海岸)	雲林石譜
密石		密州安丘縣	安丘縣	雲林石譜
紅絲石		青州	淄博、益都等地	雲林石譜
土瑪瑙		兗州府沂州	臨沂縣	長物志
小彩石		登州府、丹崖山	蓬莱縣、丹崖山	靈岩石説
連理石		泰山脚下	泰山脚下	素園石譜
陽起石		歷城藥山	歷城縣藥山	華夷珍玩考
勞山石		即墨縣勞山	嶗山縣嶗山海濱	怪石録
彈子渦石		蓬莱縣丹崖山旁	蓬莱縣丹崖山	怪石録
北海石		蓬莱縣海中諸島	蓬莱縣海中諸島	怪石録
松石		蓬莱縣大竹島	蓬莱縣大竹島	怪石録
鏡石		蓬莱縣海中漠島	同左	怪石録
魚石		莱陽縣火山	同左	怪石録
鳳石		莱陽縣鳳凰山	同左	怪石録
海石		莱陽縣海中島	同左	怪石録
細白石		文登縣海濱	同左	怪石録
文石		榮成縣海中	同左	怪石録
蝙蝠石		泰山大汶口	同左	池北偶談
沂州土瑪瑙		沂州	臨沂縣	聊齋雜志·石譜

表(2)

石種	省	古稱	今稱	書名
臨安石	浙江	臨安縣	同左	雲林石譜
武康石		湖州武康縣	湖州市	雲林石譜
常州石		衢州常山縣思溪	常山縣思溪	雲林石譜
開化石		衢州開化縣龍山	開化縣龍山	雲林石譜
排牙石		臨安府拜郊臺	杭州市	雲林石譜
卞山石		湖州卞山、鳳凰山	同左	雲林石譜
松化石	江西	婺州永寧縣	金華縣	雲林石譜
奉化石		明州奉化縣	奉化縣	雲林石譜
寶華石		臺州寶華山	天臺縣寶華山	雲林石譜
方山石		臺州黄岩縣方山	同左	雲林石譜
金華石		婺州金華山	金華市金華山	雲林石譜
涵碧石		婺州東南涵碧池	金華市涵碧池	素園石譜
華嚴石		温州	温州市	雲林石譜
飯石		婺州東陽縣	東陽縣	雲林石譜
琅玕石		明州昌國縣沿海	定海縣沿海	雲林石譜
杭石		杭州	杭州市	雲林石譜
鐘乳石		婺州智者三洞	金華縣智者三洞	雲林石譜
石樹		臺州臨海水下	臨海縣海水中	素園石説
弁山石		湖州府弁山	湖州市弁山	素園石譜
思溪石		太末	龍游縣	研北雜志
紫石		諸暨縣烏帶山	諸暨市烏帶山	會稽記
五色花石		明州	鄞縣	明州采訪録
石洪溪奇石		衢州石洪溪	常山到石洪溪	奇石記
江州石	江西	江州湖口縣	九江市湖口縣	雲林石譜
袁石		袁州載縣	萬載縣	雲林石譜
袁溪石		袁州(溪水中)	宜春縣	雲林石譜
吉州石		吉州安福縣秀嶺白馬廟、佛僧潭、慶雲鄉	安福縣秀嶺	雲林石譜
何君石		臨江軍新淦縣	清江縣玉筍山	雲林石譜
濁潭石		筠州高安縣濁潭	高安縣濁潭	雲林石譜
洪岩		饒州府樂平縣東山鄉洪岩	樂平縣洪岩	雲林石譜
袁州		袁州分宜縣	分宜縣	雲林石譜
萍鄉石		袁州蘋鄉石觀	萍鄉縣石觀	雲林石譜
修口石		洪州分寧縣	修水縣深修口	雲林石譜
吉州石		吉州	吉安縣	雲林石譜
婺源石		徽州婺源	婺源縣	雲林石譜
箭簇石		臨江軍新淦縣	清江縣凌雲嶺	雲林石譜
上猶石		虔州上猶縣	上猶縣	雲林石譜
石綠		信州鉛山縣	鉛山縣	雲林石譜
玉山石		信州玉山縣	玉山縣	雲林石譜
分宜石		袁州分宜縣	分宜縣	雲林石譜
菊花石		吉水永豐	永豐縣	石裏雜識
大理石	雲南	滇中	雲南	長物志
雪寶石		大黑府點蒼山	大理縣點蒼山	素園石譜

表(3)

石種	産地			書名
	省	古稱	今稱	
林慮石	河南	相州交口	林縣	雲林石譜
石筍		商州	商縣	雲林石譜
虢石		虢州朱陽縣	靈寶縣西南	雲林石譜
洛河石		西京(洛河水中)	洛陽(洛河水中)	雲林石譜
相州石		相州梨園潭	安陽市梨園潭	雲林石譜
白馬寺石		河南府白馬寺	洛陽白馬寺之野	雲林石譜
汝州石		汝州	臨汝縣	雲林石譜
方城石		唐州方城縣	方城縣	雲林石譜
浮光石		光州浮光山	潢川縣浮光山	雲林石譜
花蕊石		陝州	陝縣	華夷珍玩考
南陽石		南陽	南陽市	聊齋雜記·石譜
道石	湖南	道州	道縣、寧遠	洞天清錄
邵石		寶慶府	邵陽、邵東、新邵	洞天清錄
江華石		道州江華、永寧	江華縣	雲林石譜
澧州石		澧州	澧縣	雲林石譜
永州石		永州	永州市	雲林石譜
來陽石		衡州來陽縣	來陽縣	雲林石譜
魚龍石		潭州湘鄉縣	湘鄉縣	雲林石譜
零陵石燕		永州	零陵縣、祁陽縣	雲林石譜
祈門石		鼎州祈門山	常德縣祈門山	雲林石譜
辰州石		辰州蠻溪水中	沅陵市蠻溪水中	雲林石譜
石鏡		永州祁陽縣	祁陽縣語溪水中	雲林石譜
龍牙石		潭州寧鄉縣	寧鄉縣	雲林石譜
祁陽石		祁陽縣	祁陽縣	長物志
花石版		岳州府慈利縣	慈利縣武口寨	明一統志
辰州砂床		辰州冉家岩洞	沅陵冉家岩洞	素園石譜
衡州石		湖廣衡州府衡州	衡山縣縣衡州	素園石譜
花石屏		零陵、零陽	慈利縣東白鶴山	石雅
菊花石		瀏陽縣	同左	舊唐書·地理志
石燕		江南道永州石燕岡	祁陽縣西北石燕岡	
穿心石	湖北	襄州(江水中)	襄陽市(漢水中)	雲林石譜
瑪瑙石		峽州宜都縣	宜都縣	雲林石譜
鸚鵡石		荊南府	江陵市	雲林石譜
松滋石		荊南府松滋縣	松滋縣溪水中	雲林石譜
黃州石		黃州江岸	黃岡縣江岸	雲林石譜
大沱石		歸州	巴東縣長江之濱	雲林石譜
石棋子		鄂州	武昌	雲林石譜
采石		黃州府聚寶山	黃岡縣聚寶山	靈岩石說
襄陽石		襄陽府鳳凰山	襄樊市鳳凰山	雲林石譜
襄陽石		襄陽府太和山	襄樊市太和山	素園石譜
穿心石		襄州江水中	襄樊市長江水中	素園石譜
寶塔石		遠安縣荷花店	同左	荊門州志
建州石	福建	建州	建甌縣	雲林石譜
南劍石		南劍州黯淡溪中	南平市東黯淡灘	雲林石譜
懷安石		懷安山中	閩侯縣山中	素園石譜
將樂石		延平府將樂縣	將樂縣	素園石譜
英石	廣東	英州	英德縣	洞天清錄
英石		英州含光真陽縣	英德縣	雲林石譜
清溪石		廣南清溪鎮	英德縣北	雲林石譜
仇池石		韶州	曲江縣	雲林石譜
韶石		韶州	曲江縣	雲林石譜
桃花石		韶州	曲江縣	雲林石譜
端石		端州	肇慶市	雲林石譜
小湘石		端州之西	肇慶西	雲林石譜

表(4)

石種	産地			書名
	省	古稱	今稱	
鐘乳石	廣西	桂林	廣西	桂海金石志
無名異		桂林	廣西	桂海金石志
桂川石		靜江府	桂林市	桂海金石志
石梅		海中	北部灣	桂海金石志
石柏		海中	北部灣	桂海金石志
融石		融州(老君洞)	融縣(老君洞)	洞天清錄
全州石		全州(湘江)	全州縣	雲林石譜
象江怪石		象江	象州柳江	素園石譜
鸂鷟石		羅城縣中塞山	同左	一統志
川石	四川	川	四川	洞天清錄
松林石		蜀中	四川	洞天清錄
永康石		蜀中永康軍	灌縣	雲林石譜
石筍		益州	成都市	雲林石譜
西蜀石		西蜀	川西(水中)	雲林石譜
菩薩石		嘉州峨眉山	樂山市峨嵋山	雲林石譜
墨石		西蜀(諸山中)	川西(諸山中)	雲林石譜
菜葉石		漢州郡	廣漢縣	雲林石譜
石魚		重慶府涪州江心	涪陵縣江心	廣興志
絳州石	山西	絳州	絳縣	雲林石譜
石州石		石州	離石縣	雲林石譜
霞石		山西	山西省	格古要論
上水石		平定縣娘子關	同左	石雅
鳥石		山西	山西省	聊齋雜記·石譜
平泉石	陝西	關中	陝西省	雲林石譜
石魚		鄜縣河灘	鄜縣河灘	陝西通志
階石	甘肅	階州	武都縣	雲林石譜
通遠石		通遠軍	陝西縣	雲林石譜
蘭州石		蘭州(黃河水中)	蘭西縣	雲林石譜
翠石		鞏州西門寨	隴西縣西門寨	雲林石譜
石魚		華亭縣五村鋪	同左	石雅
石魚		合水縣	同左	石雅
邢石	河北	邢州西太行山	邢臺西太行山	雲林石譜
燕山石		燕山	同左	雲林石譜
雪浪石		中山府	定州	雲林石譜
滄石		滄州海岸沙中	滄州市海岸沙中	雲林石譜
文石		順德府堯山	邢臺市堯山	靈岩石說
含水石		遵化縣	同左	直隸遵化縣志
西山石	北京	順天府西山	北京市西山	素園石譜
菊花		北京西菊花溝	同左	石雅
石魚	遼寧	熱河凌源	凌源縣	石雅
柏子瑪瑙石	吉林	黃龍府	四平市及遼寧省昌圖縣、開原縣	雲林石譜
松風石		夫餘國	四平市及昌圖縣開原縣	杜陽雜編
水花石	黑龍江	女直黑龍江	黑龍江	雜記
于闐石		于闐國	和田縣	雲林石譜

后　記

　　世界上没有比石頭更聖潔、更美妙、更玄奧的東西。自盤古開天，人們便與石頭結緣，石頭有靈，涵育了一代又一代的炎黄子孫；石頭有神，凝聚着中華民族獨特的氣質精神。

　　奇石文化，在我國有着悠遠的歷史。從出土文物考證，中國人對奇石的賞玩可追溯到10000多年前的新石器時代。中國人賞玩奇石的範圍之廣，内容之豐富，審美之獨特，著作之多在世界各國中也是創居首位的。近年來，國内石文化愈見興盛。以愛石、覓石、賞石、藏石、論石、展石、換石、售石爲主要内容的"奇石熱"在急劇升温，幾乎席卷整個華夏大地和東方文化圈層，并大有衝擊中、日、韓及東南亞而風靡歐美之勢。中國人對于奇石之賞玩與整個中國文化、東方文化完全融合在一起，已形成了一種具有中國文化特色、東方文化特色的中國現代奇石文化。

　　我之愛石，不只爲石是"立體的畫"，"無聲的詩"，而貼心入腑的品銘着石更是高潔、堅貞和無我的象徵。石除有千姿百態的造形，斑斕的色澤和變化無窮的紋理外，更有"始終如一，堅貞沉静，獨居高風"的氣節，石象征着中華民族不屈不撓的精神。石頭的生命無窮無盡，他永遠負重，永遠頂天立地；他來于自然歸于自然，我們愛石、采石、藏石，品味石頭，感悟人生，就能對石的精神有個深刻的領悟，在我們熱愛的事業中，樹立起堅韌、頑强和不屈不撓的奉獻精神。最后無愧的將生命融入自然中去……

　　我之愛石還有一説，即人生有勞有逸，勞后有逸，以逸待勞，這個"逸"如何過得適意，是需要有生活經驗的。陳毅的《一閑》詩雲："志士嗟日短，愁人知夜長。我則异其趣，一閑對百忙"。在人生之旅中，都會有閑時。如何過好這個"閑"，如何使自己"逸"得適意，就要多覓趣一些高品位、高格調的，富有文化内涵、藝術内涵的玩物，以豐富自己的生活内容。一位書法家曾告訴我，在中國的玩物中，最有靈氣的要算蘭花、奇石、紫砂壺。這三件東西甚有内涵，可令人百玩不厭。然而蘭花有病蟲害，且要經常澆水施肥换盆，紫砂壺易破，奇石却無二者之虞。我愛蘭花，也愛奇石和紫砂壺。但政務壓身，又想以逸待勞，認真過好少得可憐的"閑"時。于是便選擇了樂石之道。中國有兩句古話，説是仁者樂山，智者樂水。我看是否可以説，仁者樂石，智者也樂石。再加上一句樂石者壽。

奇石賞玩確爲人類文化生活、藝術生活中值得介紹的一種。它雖是人類生活中無關弘旨的事，但也確爲有益人類身心健康，又爲某些人所喜愛的事。在這百花齊放的年代，我們既要發掘古代文化藝術的有益的遺產，又要發展我們新的文化藝術。石的玩賞是一個廣闊的天地。隨着人們認識能力的發展，審美取向的進步，對石的賞玩還會有新的發展，還會開拓出新的天地，新的境界。淮北大地，山巒嶙峋起伏，峰脉若斷若連，奇石資源非常豐富，作爲愛好者，我不能放過身邊自然界所給予的恩賜，幾年來，利用所有可利用的時間，跑遍了這裏的重巒叠嶂，發掘了淮北市西北9公裏黄裏村東山一帶出産的黄蠟石和黄裏彩石；濉溪縣東26公裏的新蔡鎮小李莊村西平頂山的灰紋石，盡管這些石的色彩不够絢麗，但是能够尋得一枚上品清供，石形還是很美的。在小李莊村周圍山中還發現了皖螺石，有平面紅圈皖螺，平面青圈皖螺，還有一種單圈黄色套平面紅色皖螺石，極爲可觀；還有蕭縣龍山的青磬石，形狀各异，擊之有金石玉振之音，清脆悦耳，大可與靈壁磬石媲美。由于時間所限，匆忙中，很難慎覓細尋，相信有更多的賞石種類還没有被發現。目前，這裏玩石者不多，加之那些既具有鑒賞、評定奇石的眼光，而又熟諳石市行情的商人們還没有涉足這個地方，石頭"炒"得不熱，靠少數人的發掘也就顯得身單力薄了。

　　一方水土養育了我們，我們要反哺豐肥這方土地。爲增强這裏的文化交流、經濟交流活動，促進這裏現代"奇石文化"現象的形成和發展，起到推波助瀾的積極作用，就是出版這本册子的目的，區區苦心，尚析見察。

　　本書的編輯出版得到省、市領導的關懷鼓舞和衆多人仁志士的鼎力相助。李天池、潘長玉、張明、陳化安、周佩銘、吕海霞等同志，做了大量富有成效的工作，特別是美編周力先生認真負責，吃苦耐勞的辦事作風，令我感嘆良多，在此，一并致以真摯的謝意。

　　本書形成完整的樣本，前后僅用了40天的時間，由于知識水平所限，缺乏經驗，錯謬之處在所難免，誠望賞玩奇石的同仁、專家和讀者予以批評指正。

張 寶 華

1997年12月18日于淮北市

慕 石 齋 藏 石

編　　著：張寶華

版面設計：周　力

責任編輯：樂　堅

出　　版：上海人民美術出版社

地　　址：上海長樂路672弄33號

制版印刷：上海中華印刷廠

經　　銷：全國新華書店

開　　本：889 × 1194mm　　1/16

印　　張：8.5

版　　次：1998年1月第1版

　　　　　1998年1月第1次印刷

印　　數：3000冊

書　　號：ISBN　7-5322-1927-5/J.1811

定　　價：198元